إسأل نفسك كيف تستطيع كسب ساعة من الزمن—

كان لماري أو كونور مشاكل أكبر من توقف ساعة يدها عند 3:57 مساءًا، عندما أحضرت ساعتها عند مصلح ساعات طيب، علمت أنها ربحت جائزة خاصة، فرصة أن تعيش ساعة من حياتها مرة أخرى. لكن للقدر شروط صارمة للرجوع للماضي، بما فيه التحذير من أنها لا يمكن أن تحدث تناقضا زمنيا. هل يمكن لماري أن تصلح أكبر غلطة ندمت عليها في حياتها.

قصة التكامل بين الأميركيين والمسلمين.

"قصة قصيرة مؤثرة مستوحاة من موضوع الأساطير الأسكندنافية، الوقت هدية، و في بعض الأحيان فرصة أخيرة..." دالي أميدي مؤلف

"قصة مؤثرة و درامية.... إذا كانت لنا فرصة تغيير الماضي هل سنفعل؟" — مراجعة قارئ.

" فرصة تغيير واحد من أعمق ندمك، هي واحدة من بين مليون فرصة..." — مراجعة قارئ

ماذا لو استطعنا البدء من جديد؟

صانع الساعات

قصة قصيرة

من تأليف: أورانيا لي

الطبعة العربية

SERAPHIM PRESS

Cape Cod, MA

www.Seraphim-Press.com

SP Print Edition - كتاب غلاف عادي
ISBN-13: 978-1-949763-16-4
ISBN-10: 1-949763-16-1

Digital Edition - طبعة الكتاب الإلكتروني
eISBN-13: 9781943036424
eISBN-10: 1-943036-42-X

Arabic Edition: edited by ZEKRIFA Yousra

إهداء

أهدي هذا الكتاب لعمي هوبيرت، رجل طيب كرس حياته لصيانة أشياء صغيرة و ذات معنى كبير. نحن متأكدون أن الجنة تعمل بشكل جيد معك أنت لتبقي السلاسل مزيتة.

رحلة ماراي

قاعة المدينة
المدينة
الجسر
مارتن المجوهرات
أقفال المستنقع
MERRIMACK DAM
ROLLING DAM
BOOTT DAM
MOODY STREET HOUSE
Y.M.C.A. GATES
MERRIMACK ST
MIDDLE ST
MARKET ST
LOWER PAWTUCKET CANAL
HAMILTON CANAL GUARD sluizen
MIDDLESEX ST
MERRIMACK CANAL GUARD GATES

الفصل لأول

توقفت الساعة عند 3:57 مساءًا في يوم الأربعاء الموافق ل 29 يناير. كان يوما عاديا ممتلئ بالقلق حول الطقس. سأصل في الوقت إلى المكتبة في الضفة الأخرى من النهر لإنهاء بحثي المدرسي، لم يكن هناك إحساس بالخسارة أو حزن عميق لأنني عشت بهته الأحاسيس حياتي كاملة، فقط إحساس أنه فجأة لم يعد لي وقت كافي. ربما نظرت إلى هته الساعة عشرين مرة قبل أن أدرك أن الساعة على الحائط قد سافرت إلى المستقبل بينما ساعتي مازالت عالقة في 3:57 مساءًا.

نظرت عبر النافذة بينما الحافلة تمر من مطاحن الغزل و التي تظهر من أعلى حديقة بواردينغوس مثل قلعة هائلة من الطوب الأحمر. جناح أخضر يقف مهجورا في كفن من الثلج، رقائق ثلج حساسة لامعة كدموع ملاك. أخذني جوش مرة هناك للاستماع لحفل موسيقي، احد مجاني، لما كان الجو لا يزال دافئا للجلوس خارجا. حولت قبضتي لصدري و أجبرت نفسي للنظر للجهة الأخرى متظاهرة باهتمام حتى لا يظن العجوز الفيتنامي الذي جلس عبر الممر أنني كنت أحدق به.

قامت الحافلة بالدوران عند المنعطف، مرت عبر مجموعة من المنازل ذات ثلاث طوابق ـالتي كانت تبدو و كأنها ليست في مكانهاـ في مدينة تتكون الآن من واجهات محلات و مكاتب عمل. خلال الثورة الصناعية، تخلى جيل كامل من النساء عن مزارعهن للعمل في مصانع النسيج بنفس الطريقة التي يتخلى بها الشباب اليوم عن بلداتهم الصغيرة لحضور الجامعة التي تمتد إلى الأنهار. في ذاك لوقت، كما هو الحال الآن، هناك فرص عمل تعقد في البنايات الضخمة من طوب و التي تخط القنوات. إلا أنه هته الأيام المطاحن تنتج سلسلة من أنواع التكنولوجيا الفائقة: تكنولوجيا، علم و وظائف الهندسة.

بدأت باللعب بساعتي مذكرة نفسي أن قراري كان حساسا. لقد أتيت لهته المدينة لأضمن حياة أفضل لأهرب من المصيدة التي وقعت فيها أمي

بالزواج باكرا وكثرة الأطفال. كنتُ تلميذة ممتازة، كنتُ في سن الثانية و عشرون فقط، حياتي كانت مخططة بأكملها أمامي. لماذا، أوه لماذا إذن، كوني محقة كان مؤلما لهته الدرجة.

نزلت من الحافلة في مبني وولورث بالرغم من أنه لم يكن هناك متجر طوال الأربع سنوات التي درست فيها في جامعة ماساتشوستس لويل. الشوارع كانت مسدودة بسائقين غاضبين ومتشوقين للعودة إلى منازلهم للقاء عائلاتهم في نفس الوقت. تحركت الحافلة بعيدا و تركتني واقفة على حوض من الثلج في وسط المدينة، و الذي بدأت منذ الآن في الإغلاق بسبب العشية. أضواء الشمس المتلاشية كانت تضيء على ساعة خضراء ضخمة و التي كانت تجلس فوق عمود أخضر، العقارب السوداء الضخمة كانت تشير ل 3:45 مساء ا مازالت هناك 12 دقيقة، لا ! الماضي قد مضى. أدرت ظهري لها و رحلت بعيدا لففت ساعتي و أنا أرفع معطفي لرقبتي.

ملح صخري طحن تحت حذائي بينما كنت أسير في الشارع الوسطي، و كنت سأسقط على ظهري لما تقاطع الممر الجانبي مع قناة باوتوكيت السفلى. كتل متجمعة تطفو متسابقة تحث الجسر محولة الثلج المذاب جزئيا فوقه، إلى لمعان غدار من الثلج الأسود. أمسكت الحائط المصبوغ و الناصع البياض. لحسن الحظ، أكملت المدينة الجسر قبل حلول فصل الشتاء إذ أن هذا كان سيتطلب مني رحلة كيلومترات خارج طريقي. في مدينة تسيطر عليها الطرق ذات اتجاه واحد، نهرين و شبكة من القنوات، جميع المسافات تقاس لا بأصغر مسافة و لكن بمدى المسافة التي عليك مشيها للعبور لأقرب جسر.

الوجهة المحددة من طرف هاتفي كانت بعد خمس بنايات متواجدة بعد شركات صغيرة تتطور بصعوبة. تم التحرش بي أكثر من مرة لكنني تركت رأسي منحنيا، نظرة عين خائفة يمكن قد تأخذ كدعوة إلى العنف. مبنى من الطوب مكون من أربعة طوابق مع سقف دو أربع زوايا منحنية، منحني بلباقة في تلاقي الشارع المركزي وميدلسكس في قوس لطيف، أنثوي. أخذت العلبة الصغيرة البيضاء من محفظتي و قرأت الحروف الذهبية و التي كانت: مجوهرات مارتين في نص مزخرف. هذا هو المكان. هنا. جوش اشترى لي الساعة من هنا.

كمعظم واجهات المحلات في حديقة لويل التاريخية الوطنية، تم ترميم المبنى لعصره الفيكتوري المجيد. مع نوافذ زجاجية معتدلة محاطة بألواح خشبية سوداء سميكة. على واحدة من تلك النوافذ، علامة كبيرة كتب فيها: "بيع تقاعد" تحتها علامة صغيرة كانت تقول: "الساعات مصلحة."

دفعت الباب لفتحه و فزعت عندها دقت الأجراس لتعلم بدخولي. يبدو أن المتجر كان يوما ما ممرا للطوابق أعلاه، بزجاجات مربعة على طول الجدران الخارجية.

ثلاثة من الصناديق كانت فارغة لكن الاثنين المتبقيين كانا مرتبين بدقة حتى يبدو و كأن هناك مجوهرات أكثر من ما هي عليه.

كان رجل طويل ذو شعر أبيض منحنيا على الطاولة منصتا باهتمام لامرأة كانت تحرك يدها. خمنت من شعرها الأسود الرطب و لهجتها الثقيلة أنها من جنوب شرق آسيا ربما كمبودية أو ربما ڤيتنامية. بينما كان الساعاتي يرتدي مكبرا متصلا بنظاراته و كان يفحص بدقة الشيء- مهما كان - الذي كان يجعل المرأة متحمسة جدا.

نظرت إلى ساعتي و لكن كما الأسابيع الست الماضية، العقارب الحساسة الذهبية ظلت عالقة في 3:57 مساءًا. الساعاتي أشار بيده ليبين لي أنه سيساعدني ما إن ينتهي مع الزبونة المتحمسة. فأجبته بإبتسامة مضطرة مبيّنة أنني سأنتظر. كان متجعدا و نحيفا و كان يرتدي قميصا من القطن الأبيض، وربطة عنق، ربما في السبعينيات، أو ربما حتى الثمانينيات؟ لا. الرجل كان ليكون في التسعينات لو كان يوما. كانت هناك صفة خالدة تقريبا حوله، و بعد مدة تخليت ببساطة عن محاولة تخمين سنه.

اتكأت على صندوق زجاجي فارغ، وحدقت في أنحاء الغرفة متسائلة إن كان هناك شيء أستطيع شراءه. لا ! كل قرش كان لدي كان مرتبطا بتعليمي الجامعي لأن هذه هي خطتي الوحيدة منذ البداية للهروب، و لم يكن لي المال الكافي لتفاهات كالذهب. لويت ساعتي المكسرة- ساعة بولوڤا الذهبية- و التي حتما كانت تكلف أكثر من أي مجوهرات ملكت في حياتي. رف معروض كان يشرف الحائط بساعات أخرى. لكن المخزون كان متباعدا. لأن الساعات كانت هدايا عملية، و ذات تخفيظ بقيمة 50%، الساعات كانت أول من ترحل.

كم دفع جوش لساعتي؟

لا يهم. لن يكون قد تغير أي شيء فعلته في ذلك الوقت. كل ما يهم هو تثبيتها الآن، لأنني لا يمكني ان أتحمل تركها عالقة في الساعة 3:57 مساء.

كان صوت المرأة الكمبودية مرتفع لكنها لم تكن تبدو غاضبة، لو لم تكن لهجتها ثقيلة لحاولت الإنصات لما تقوله، و لكن من انا حتى أتدخل في شؤون الآخرين. اتكأت على الصندوق وحينئذ حذرني صوت صغير من الزجاج أنني كنت على وشك إسقاط شيء ما. و لدهشتي، كان هناك ثلاث وقاءات زجاجية علي شكل اجراس على الرف الذي كنت أظنه فارغا منذ

لحظات أمامهم إشارة صغيرة مخطوطة بدقة كانت تقول بحروف متصلة أنثوية :

"إسأل كيف يمكن أن تكسب ساعة من الزمن."

داخل كل جرس كان هناك ساعة جميلة أكثر فخامة و زخرفة من كل الساعات التي رأيتها. الأولى كانت ساعة يد فضية أو بالأحرى كانت من البلاتين مع شاشة رقمية و التي كانت تظهر الساعة و التاريخ و المنطقة الزمنية و الثواني وكذلك خطوط الطول والعرض. كانت معلقة على منصة نحيلة كما تعلق دمى الخزف. انحنيت لقراءة اسم الصانع الذي كان مطبوعا بطريقة قديمة غير واضحة سكولد لم أسمع بهم قط ربما كانوا يبانيين.

الساعة الثانية لم تكن مختلفة عن ساعتي، برباط من الذهب و الفضة و لون ثالث هو ربما نحاس، كانت لديها عقارب بطراز قديم و سلسلة من الأزرار الصغيرة والتي كما الساعة الأولى كانت تبين التاريخ و السنة و المنطقة الزمنية وخطوط الطول والعرض. على واجهتها كان اسم الصانع معروضا فيراندي

الثالثه كانت ساعة جيْبِيّة على سلسلة ذهبية سميكة، النوع الذي يمكن أن تراه في سنوات 1800. كان ذهبا صلبا بغلاق منحوت و مزخرف و الذي كان يمكن أن يغلق لحماية الزجاجة. هته الساعة كما الأخريات كانت تعرض التاريخ والسنة، والمنطقة الزمنية وخطوط الطول والعرض. واجهتها كانت تعرض بافتخار اسم الشركة المصنعة أورور.

فكرة غريبة مرت بعقلي، هل كان هناك مناطق زمنية رسمية في سنوات 1800. لابد أنها كانت هذه أو أنها نسخة طبق أصل فقط. الساعات الثلاث كان يبدو أنها تكلف بشكل رهيب. و رغم أنني لم أستطع إيجاد الثمن كنت قد إستوعبت سبب وضعها داخل أجراس زجاجية. أي حتى يتم التأكد أن لن يسرقهم أحد.

أخيرا أنهت المرأة الكمبودية المعاملة التي أتت من أجلها. قام صانع الساعات ب توديعها، اما انا فلقد شاهدتها من خلال رموشي و هي تمر من أمامي متظاهرة بالاهتمام بشيء آخر بينما كانت تعرض ذاك التعبير المتحفظ النموذجي للنساء الأسيويات من خلال التجاعيد حول عينيها الذالة على فرحتها. و وضعت شيء ذهبيا صغيرا في محفظتها و بإنحاء رأس من الاعتراف، خرجت عبر الباب دوي الأجراس.

لمع وجه صانع الساعات بابتسامة

"ماذا يمكن أن أفعل لك أيتها الشابة؟"

أزلت الساعة المنكسرة من معصمي و أحسست أنني عارية في اللحظة التي تركت جلدي

"توقفت ساعتي."

"هل تحتاجين بطارية جديدة؟"

"جربت هذا من قبل ثلاث مرات في ثلاث محلات مختلفة."

أخد الرجل الساعة من أصابعي الممدودة. رغم مقاومت الرغبة في استرجاعها و الصراخ لا تلمسها ! إلا انني احسست ان علامات الفزع ظهرت لوهلة في ملامحي، لحسن حظي كل تركيزه كان متمحور عليها. وضعها بعناية على مربع رمادي مخمل صغير، و بحث في صندوق لسحب أداة نحيلة. هته المرة الرابعة في ستة أسابيع أترك فيها شخصا يفرق ساعتي و هته الفكرة جعلتني احس بالغثيان كانني كنت على وشك التقيؤ.

أنزل نظاراته المكبرة و بدأ في البحث في أحشاء الساعة.

"متى توقفت عن العمل؟"

في 3:57 مساءًا، قلت، يوم الأربعاء 29 يناير

رفع صانع الساعات رأسه و نظر إلي. عيناه الزرقاء كانت مليئة بالفضول، كانت أعين رجل أصغر سنا مختلفة بشدة عن المظهر المسن لجلده. انتظرته أن يطرح أسئلة لكنه انتظر مني أن أتكلم.

"كنت أنهي حصتي الأخيرة، قلت بارتباك، عندما نظرت إلى ساعتي و أدركت أنها توقفت" صمتت لبضعة ثواني لاتخلى على نبرة الارتباك التي سيطرت على صوتي ثم اتممت، "حاولت إصلاحها، ولكن قال كل متجر أن علي إرسالها للخارج لإصلاحها. أنت الشخص الوحيد في المدينة الذي لا تزال تصلح الساعات بنفسك."

دقق الساعاتي في تفاصيل وجهي.

وقال "إن ستة أسابيع هي فترة طويلة أن تبقين بدون ساعة". "لماذا لا تتركيها لهم لإصلاحها؟ هي كانت سوف ترسل وتعود في خلال أسبوع."

ارتعشت شفتي وأنا أفرك المكان الفارغ في معصمي.

"لأنني لم أستطع تحمل أن أدعها تذهب!"

رفع الساعاتي الساعة وحدق النظر بداخلها، كانت يديه ثابتة بشكل مدهش بالنسبة لشخص متقدم جداً في العمر.

ثم قال "أنا لا أرى مشكلة من أول وهلة"، وأضاف "أحتاج أن أبقيها فترة كافية لمعاينتها واكتشاف موضع المشكلة."

"كم عدد الأيام؟" ملأت الدموع عيني.

ظهرت على وجهه تعبيرات التعاطف.

وقال "إنه تقريباً وقت الإغلاق." "ولكن في بعض الأحيان ابنتي تتأخر عندما تأتي لاصطحابي، لماذا لا تذهبين لتناول فنجان من القهوة وسأرى ما يمكنني القيام به؟ على الأقل، ذلك يساعدني على تقدير كم ستكون تكلفة إصلاحها."

أنا أطرقت رأسي، شاكرة لتفهمه.

"أنا ،أه...، أتمنى أن تكون لا تزال تحت الضمان؟"

قال "أن ذلك يعتمد من أين اشتريتيها؟"

"رفيق—أحم. صديقي اشتراها من هنا."

سحبت مربع صغير أبيض مزخرف بحروف تدل على اسم هذا المخزن. فارتسمت ابتسامة تعاطف على وجهه.

وقال "حسناً جداً، إذن سأقوم بفحصها مجاناً. ما هو اسم صديقك؟"

"جوش. جوش كريم."

اتجه الى مكعب صغير و غريب يبدو كأنه عالق في زاوية الغرفة، ولأول مرة لاحظت انه ينحني بشدة على عكاز ذي ثلاث ركائز. وأخذ يفتش في مجموعة من الأدراج الخشبية.

"هل قلت جوشوا؟" هو سأل.

"يوشع—" قلت اسمه. "ي-و-ش-ع"، "إنه، آه، هجاء الشرق الأوسط." لقد خفضت صوتي عندما قلت الكلمات الأخيرة. بدت لأذاني تحيزاتي عصبية ومسيئة.

سحب الساعاتي بطاقة صفراء صغيرة.

وقال "هاهي. جوشوا كريم 198 شارع الجنوب في قطاع أكر بلوويل."

همست "نعم". احمرار الخجل تسلل إلى خدودي. هل كان يعلم أنه مشروع إسكان المطران ماركهام؟

عاد عرجا ووضع البطاقة الصفراء أمامي. وبجانبها وضع ظرف مغلق صغير، لكنه كبير كفاية لإدخال الساعة. بدأ في ملء بطاقة العملاء الجدد بقلم أزرق ثقيل وكان ثابتاً بشكل مدهش نظراً لعمره.

"ما أسمك، أيتها الفتاة؟"

لم ينتظر جوابي، لِكيْ يكتب "ماري أوكونور."

"هذه أنا،" همست. إلى أي مدى كان يعرف؟

"العنوان؟"

أعطيته عنواني في السكن الجامعي، فقام الساعاتي بتدوين عدد قليل من الملاحظات. بينما أنا ألقيت نظرة إلى بطاقة معلومات جوش. 389$ كان قد دفع ثمناً لساعتي بولوفا، 50$ تحت الحساب، والباقي دفع على أقساط أسبوعية 20$. كان التاريخ الذي اشترى فيه الساعة هو اليوم الذي قال فيه

إنه يحبني، وكان آخر تاريخ على البطاقة هو يوم قبل أن يأخذني إلى العشاء وسأل عما إذا كنا نستطيع أن يبقى كل منا بمفرده.

التفتت بعيدًا،غير قادرة على النظر إليها مجدداً. حتى لفت صوته العميق انتباهي عندما قال: "نحن نغلق عند الساعة الخامسة لكنني ربما أكون هنا حتى الساعة 5:30." "سأعيد فحصها مرة أخرى قبل ذلك، أو عودي غداً. على الأقل، يجب أن أكون قادر على اكتشاف العيب."

قام بسحب تذكرة الاسترجاع المرقمة.

"إذا لم تتمكن من إصلاحها الليلة،هل تمانع من استلامها وإعادتها عندما يكون لديك قطع الغيار؟"

تأمل الساعاتي ملامح وجهي كانه يرى من خلاله الاحاسيس التي تراودني.

قال "المطعم الصيني في الجهة المقابلة للشارع لديه بعض الحساء الجيد. فقط 2.25$ ثمناً للحساء وقطعة من الخبز ،وسوف يعطيك مكان مريح حتى لا تتنتظرين في البرد."

هل كان حقاً من السهل القراءة في ملامحي؟ نعم، أفترض ذلك.

أعاد بطاقة جوش الصفراء مرة أخرى إلى قبرها، توقف، ثم سحب بطاقة ثانية، وقال: "أنى أتذكر هذا الشاب. قبل أكثر من عام بقليل كتب وطلب مني أن أضع بنداً ثانياً على التقسيط، وكل أسبوع أرسل القسط، ولكن بعد ذلك لم يأت قط."

إمتلكني شعور وكانني أُلقيت من علو طائرة في سقوط حر مما جعل الغرفة تبدو كأنها بعيدة وكل وزني ينجذب تلقائيا نحو الارض.

"متى كان من المفترض أن يدفعه؟" أنا سألت.

"القسط الأخير كان مستحق الدفع قبل عام من اليوم."

انقبضت معدتي على الرغم من أنني لم آكل منذ أسابيع. كان ذلك اليوم الذي كنت قد انفصلت عنه. يوم رفضت رؤيته. يوم أرسلت رسالة نصية أقول فيها أنني لا أريد أن أكون مرتبطة برجل لم يكن هنا ليحبني.

قال: "دعيني أرى ما إذا كان بإمكانى العثور على المكان الذي وضعتها فيه." "لم يكن هناك سوى 20$ مستحقة، لذلك لم أضعها مرة أخرى في المخزون."

"لا!" أردت أن أصرخ. "أنا لا أريد أن أرى هذا الشيء!" لكنني لم أقول ذلك، لأنني أردت أن اقضي على الشكوك التي شرعت في التهام اعصابي.

مشى الساعاتي منعرجا إلى الغرفة الخلفية. رأيته - من خلال نافذة سرية مقطوعة في الجدار- يفتش في رفوف مليئة بكل قطع الغيار التي

تستطيع أن تتخيلها. بينما كان يحرك أرقام فتح الخزينة، كنت أقاوم الرغبة في الخروج من الباب بسرعة. شعرت كأن العالم بعيداً بينما كان يعود مرة أخرى ووضع صندوق صغير أسود على وسادة قطيفة رمادية،.

وقال "لقد تحدث عنك كثيراً." "كل أسبوع عندما كان يرسل القسط، كان يكتب لي رسالة لطيفة، يقول لي كل شيء فيها عنك."

"هل لا تزال لديك تلك الرسائل؟" إنغمرت عيناي بالدموع.

"في مكان ما"، وتوجه نحو الغرفة الخلفية. "كما ترين، أحب أن أحتفظ بالأشياء، فأنت لا تعرفين أبداً عندما تقومين برمي الأشياء متى تكتشفين أنها كانت مهمة."

التقطت الصندوق، كنت أرتجف وأنا أتحسس القطيفة السوداء. فتحتها عنوة، مصممة على معرفة الحقيقة.

شهقت عندما رأيت ما اشتراه جوش، لم يكن خاتم خطوبة، ولكن زوج متطابق من خواتم الزفاف الذهبية. رفعت الخواتم وفحصت داخلها. بحروف متصلة صغيرة، كان قد حفر أسماءنا.

تنهدت، وأغلقت الصندوق عنوة ووضعته مرة أخرى على المنضدة.

"ما الذي حدث لهذا الرجل؟" سأل الساعاتي. "هو بدا كأنه مصمم على إعطائك الأفضل."

ارتجف صدري وأنا أحاول إخناق الحقيقة المرة.

"لقد مات"، أنا همست. "قبل ستة اسابيع في الموصل."

الفصل الثاني

توفي جوش يوشع كريم في العراق على الساعة 3:57 مساءاً بتوقيت شرق الولايات المتحدة. توفي في كمين على طريق بعيد خارج مقاطعة نينوى، وهو بمثابة بطل، لأن جوش كان دائماً يضع سلامة الجميع أولاً، لقد كان في قوات الجيش الاحتياطي عندما التقيت به بعد أن نظم الجيش عرض تجنيديا خلال الحرم الجامعي، لكنه لم يكن قيد الخدمة العسكرية حتى بعد مرور سنة من مواعدتي له، بعد أن قال لي أنه يحبني، بعد أن اشترى لي ساعة.

لم يقل لي أحد أن جوش مات، أنه توفي بطلاً. لمدة ثلاثة أسابيع طويلة وأنا أتفرس في ساعتي المكسورة، غير قادرة على معرفة لماذا لم تعد تعمل، بل غير قادرة على تحمل إحساس أنها منزوعة من معصمي. إذا لم أكن قد التقيت صدفة بشقيقته في متجر كوت في اليوم الذي كانوا يبيعون فيه الخبز المنزلي والفاصوليا، لا أعتقد أن أحداً كان سوف يقول لي على الإطلاق. بل لماذا يخبرونني؟ عندما هجرته في الليلة قبل أن يتم استدعاؤه إلى الحرب وأخبرته أنني لن أنتظر رجل قد ينتهي به الأمر بالموت!'

لو كان عاش جوش، كنت سأكون في المطار هذا الصباح عندما يعود بقية أفراد وحدته إلى منازلهم. ولكن بدلاً من ذلك، اختفيت عندما ذهبت عائلته إلى واشنطن العاصمة لقبول وسام النجمة الفضية ودفنه بهدوء في مقبرة أرلينجتون الوطنية جنباً إلى جنب مع جميع الأبطال والجنرالات الآخرين. لم أكن أدرك أنني كنت أبكي حتى وضع الساعاتي علبة المناديل بجوار علبة الخاتم. وقال "لقد توقعت أن شيئاً سيئاً حدث. فلم عساه أن يدفع ثمن هذه ثم لم يعد ليستلمها؟"

لم يكن لدي الشجاعة لأخبره أن جوش لم يستلمها لأنه لم يعط سوى 24 ساعة فقط إجازة، وهدر ذلك الوقت في البحث عني بعد أن أرسلت له رسالة نصية لأقول له بأنني لم أرغب في رؤيته. لم يكن على علم بأني اختبأت في

غرفة السكن المجاورة، وأنا محاطة بصديقاتي، وبكيت عندما ضرب جوش بقوة على بابي، ودعا اسمي، وكان صوته متقطع بالدموع.

أمسكت منديلاً ونفخت أنفي، "أيمكنك إصلاحها؟" وأشرت إلى الساعة. "هل يمكنك إصلاح ما فعلته حتى كسرتها؟"

خفض الساعاتي عدسته وحدق النظر إلى أحشاء الساعة المعطلة.

وقال "إن الناس يفكرون في الوقت كطاقة لا رجعة فيها. ولكن الحفاظ على الوقت هو شيء دقيق ومعقد." و سحب الساعة إلى داخل المغلف ونظر إلي. "عودي بعد ساعة، وسأرى ما إذا كان بإمكاني تشخيص المشكلة."

أنا التفتت الى الواء لمغادرة المكان فأمسك الساعاتي بيدي. دون كلمة واحدة، وسحب علبة الخاتم إلى يدي، العلبة التي لم يستلمها جوش لأنني كسرت قلبه.

وقال "انه كان يريد أن تأخذي هذه."

أردت أن أقول "أنا لست مستحقة أن أقبل تلك الهدية"، ولكن بدلاً من ذلك قلت: "ليس معي المال، أنفقت كل قرش لي لأجرة الحافلة."

قال "دفع جوش لهذه عندما ضحى بحياته دفاعاً عن بلادنا." وأضاف "أنها عشرين دولاراً فقط، وإذا كان في هنا اليوم، كان سوف يحصل عليها بسعر مخفض،لأنني أصفي نشاطي لقضاء أيامي المتبقية مع عائلتي."

كانت له نظرة حازمة تذكرني قليلا بجوش، النظرة التي لدى جميع الجنود، وتساءلت عما إذا كان محارب قديم؟

"حسنا،" أنا همست. أخذت العلبة ووضعتها في حقيبتي.

لما استدرت للذهاب، لفتت الثلاث أوقية الزجاجية نظري. كان لوح أبيض كبير، أكبر من الإشارة الأولى،كان قد غاب عن انتباهي، ملصق على واجهة المنضدة. وبحروف حمراء كبيرة كانت تقول:

ـــ أسأل كيف يمكنك أن تفوز بساعة في الوقت المناسب. ـــ

توجهت للذهاب، غير مهتمة باليانصيب السخيف، لكن عندما وصلت للباب، فإذا لافتة أخرى تقول:

ـــ أسأل كيف يمكنك أن تفوز بساعة في الوقت المناسب. ـــ

عدت مرة أخرى لمواجهة الساعاتي.

"كيف يمكنني الفوز بساعة في الوقت المناسب؟" سألته بفضول.

ارتفعت حواجبه البيضاء من المفاجأة.

"آه، إذن أنت تتمكنين من رؤيتهم؟"

تجعد جبيني من الارتباك.

"بالطبع يمكنني رؤيتهم"، أنا قلت. "هناك ثلاث ساعات على المنضدة."

حرك الساعاتي رأسه، بدت ملامحه كئيبة. وشق طريقه خلال متاهة من الطاولات الزجاجية الفارغة وتوقف عندما وصل إلى الثلاث أوقية الزجاجية.

"ماذا ستفعلين–" ملامحه تحولت كأبو الهول "–إذا كان يمكنك أن تقومين برحلة في أي لحظة من الوقت، لمدة ساعة فقط؟"

"سأذهب إلى العراق وأخبر جوش بأن لا يأخذ الطريق السريع إلى نينوى."

أزاح الوقاء الزجاجي عن أقدم ساعة، هي ساعة جيب ذهبية تحمل علامة أورور. رفعها وحدق النظر بها من خلال عدسته.

"في الساعة 3:57 مساء، كان قد فات الأوان لإنقاذ حبك."

تنهدت، لأنني كنت أعرف أن هذا صحيح. كان جوش ميتاً لحظة اتخذت وحدته الطريق السريع.

"كنت سأعود إلى ما قبل أن تنتقل وحدته إلى تلك القرية" أنا قلت "وأقول له أن يأخذ طريقاً مختلفاً."

قال "إن الحركة عبر الزمن ليست هي نفس الحركة خلال الفضاء."
"كيف ستصلين إلى هناك، وإذا فعلت، كيف يمكنك تجنب رغبتك في الموت؟"

تدفق الغضب في معدتي.
"أنت الآن تتصرف بقسوة!"

أبدى الساعاتي ملامح الصبر التام.

وقال "لقد سألتني كيف يمكنك أن تكسبي ساعة في الوقت المناسب."
"إذا أعطيت لكِ تلك الساعة، كيف يمكنني التأكد من أنك لن تضيعيها؟"

"اعتقدت أننا كنا نتحدث عن الفوز بواحدة من تلك الساعات؟"

لوّح الرجل الى الإشارة.

"العلامة تشير إلى أن يمكنك الفوز بساعة زمنية في الوقت المناسب، وليست ساعة إلكترونية، أستطيع أن أقول لكم مع اليقين أن هذه الساعات الإلكترونية ليست للبيع."

"لذلك هل اخترت من سيفوز؟" سألت "إنها ليست مثل رقم من قبعة؟"
"إذا كنت تستطيعين أن ترين الساعات، فأنت قد فزت بالفعل"، قال.
"إنهم يقررون من هم الذين سيساعدوه، فأنا ببساطة صائن الوقت."
"هم؟"
"النورنس—— آلهة المصير الثلاثة——"

ما تحدث عنه كان خياليا جدا، ولكن ساعة جوش التي توقفت في نفس اللحظة التي مات فيها بطريقة غير واقعية تسببت في تلاشي ارتباطي بالواقع، كنت يائسة، وزرع الساعاتي الأمل في اعماقي.

"كيف، إذن، هل يمكنني التأكد من أن جوش لم ينتهي بالموت؟"

عيون الساعاتي بدت حزينة.

"حيازة ساعة لا يعني أنك يمكن أن تغيري النتيجة. في معظم الوقت، بغض النظر عن مدى محاولتك، لا يمكنك تغيير المصير، لأنه في حين يمكنك التحكم بمصيرك، المصير لن يسمح لك بالتحكم في مصير الآخر."

"إذن سأقول لنفسي أن أقول لجوش أن لا تأخذ الطريق السريع."

وقال "لا يمكنك في أي وقت أن تتقاطعي مع نفسك." "إذا فعلت ذلك، سيؤدي ذلك إلى خلق مفارقة زمنية وستعود الساعة فوراً إلى الوقت الحاضر، كما يجب ألا تتوقعي أي تغيير كبير في النتيجة، فكلما زادت عدد التروس التي تحتاجيها، كلما أصبح احتمال حدوث الأمور أكثر سوءاً وفشلاً."

الإحباط، المخلوطة بالخيال، جعل صوتي يزداد حدة.

"أين، إذن، يمكنني الذهاب؟"

قال "انه ماضيك." "الأمر متروك لكي أين تذهبين، كل ما يمكنني القيام به هو السماح لكِ باستخدام هذه الساعة لمدة ساعة."

أعطاني ساعة الجيب الكبيرة الذهبية التي تحمل اسم أورور. لقد تتبعت عقدة الشمال التي جرحت حول الغطاء الخارجي مثل اكليلاً من الزهور، مع ثلاث نساء صغيرة متباعدة حولها مثل أطراف عجلة، واحدة منهم الغزل، وواحدة منهم النسيج، والثالثة واحدة تستخدم سكين. شعرت بالدفء، كما لو أن شخصاً ما قد أخذها للتو من جيبهم، وشغلت كامل يدي.

"أينما ذهبت، يجب عليك أن تبدأ وتنتهي في رحلتك في هذا المتجر، ولا تدعي نفسك التي في الماضي ترى تراك، ولا تتخذي أي إجراء قد ييجلب لكِ اي مشكلة، وإذا تسببت في تناقض، يمكن أن تضيعي في الوقت، وصدقيني أنه لأمر ممتع غير على الإطلاق."

فحصت المقابض، في محاولة لمعرفة أي واحد يشغل أي عقرب.

وأشار الساعاتي إلى كل نصف دستة من المقابض.

وقال "هذا واحد يتحكم في الساعات والدقائق"، وقال "هذا واحد يحدد التاريخ والسنة."

"ماذا عن المنطقة الزمنية وخط الطول وخط العرض؟"

"الساعة لن تسمح لكي بإعادة ضبطها في أي مكان ولكن هنا–" قام بشبك يدي. "يكاد يكون من المستحيل التراجع عن الأحداث التي أدت إلى الوفاة، ولكن في بعض الأحيان، إذا كنت جادة، يمكنك أن تقول لشخص ما أنك تحبيه، وتودعيه."

لمعت عينيه بدموع طفيفة، وكأن لديه تجربة مباشرة مع شيئاً ما.

فكرت بعناية وأنا أحدق في الساعة. ثم أعدت ضبط العقارب. صوت الدقات أصبح أعلى، كما لو أرادت الساعة أن تعرفني أن كل ثانية ثمينة. أن كل ثانية هي أقل من ثانية واحدة أود أن أعيدها في الماضي.

تك. تك. تك.

ضغطت على المقبض المركزي.

الفصل الثالث

للحظة شعرت بعدم الاستقرار، ولكن كل شيء يبدو تماماً كما كان من قبل. كان الساعاتي الآن واقفًا وراء طاولة أخرى، و في نفس المكان زوجين سود شابين لاشك في انهم من جامايكا أو هايتي من خلال الشعر مجدل والقبعة اراستا ملونة. حدقت في ساعة الجيب، بخيبة أمل لأنها لم تعمل، ولكن عندما أعدتها لوضعها مرة أخرى إلى حالتها الأولى، اختفت الثلاث أوقية الزجاجية وفي مكانهم كانت الحقيبة بالأسفل مليئة بالقلائد، النوع الذي تجمعه لسوار الساحر.

تطلع الساعاتي علي وابتسم.

وقال "سأكون تماماً معك، أيتها الفتاة، بمجرد أن أساعد هذين الزوجين في اختيار خاتم الخطوبة."

عاد ينظر مرة أخرى من خلال عدسته وأخذ يشرح للزوجين ألوان وإشكال ومدى صفاء خواتم الماس لديه. المرأة أرادت أكبر خاتم، لكنه أقنعها باختيار خاتم ماس أصغر ولكن أكثر براعة ليرمز إلى حبهم. بدا الشاب الجامايكي مرتاحاً عندما أدى الانخفاض في الحجم إلى انخفاض كبير في السعر.

شعرت بسخونة ساعة الجيب، كما لو كنت قد تركتها تحت أشعة الشمس. في الواقع، بدا المتجر بأكمله أكثر إشراقا ففتحت أزرار معطفي الشتوي. نظرت من النافذة وانفتح فمي من هول المفاجأة.

"أنها تعمل." أنا ألتفت إلى الساعاتي، لكنه كان لا يزال مشغولاً بمساعدة العملاء الآخرين. رفعت الساعة و قلت له "سأعود خلال ساعة، بالضبط كما اتفقنا."

لما ألقيت نظرة إلى ساعة الجيب. مجرد سبع دقائق كنت قد أهدرتها في المتجر. هرعت للخارج، وأنا متحمسة لمعرفة ما إذا كان السفر في الزمن حقيقي. كان لا يزال في آذار / مارس، ولكن ليس الربيع البارد الثلجي الذي كان يأتي صاخباً مثل الأسد ويسقط قدم من الثلج على الأرض، معوق رحلة

وحدة جوش الباقية على قيد الحياة، ولكن كان مارس لطيف الطقس والذي كان لدينا منذ سنة قبل اليوم. لم يحل الغروب بعد، بل في وقت مبكر من اليوم، قد مالت الشمس وهي الآن تلمع من الجنوب الشرقي ، المكان الذي تمكث فيه عند حوالي الساعة الحادية عشرة كل يوم.

استغرقت عشرون دقيقة حتى أصل إلى هنا. خمسة بنايات متتالية حتى أعود إلى شارع ميريماك، ومن ثم ست بنايات أخرى للوصول إلى حفل سيندوف في ساحة المدينة. أربعون دقيقة. ثلاثون إذا سارعت. نعم، بإمكاني أفعل ذلك. كل ما كان علي القيام به هو الوصول إلى هناك قبل أن يلحق بالحافلة.

اختفت الثلوج المتسخة في الظلال، أما كل مكان آخرلامسته اشعة الشمس الذهبية أذابت جليده، وتركت الأرصفة صافية. اما انا، فقد تصبب العرق على جبهتي لأنني سارعت، مندفعة مع الأمل، وتذكرت في هذا اليوم كيف كان الطقس 13 درجة مئوية.

كالمعتاد، كان الشارع المركزي مزدحم بحركة المرور، ولكن لم يكن حتى رأيت الإشارة البرتقالي التي أقنعتني أخيراً أن هذا كان قبل عام واحد من اليوم.

ـ انعطفت. وتم إغلاق الجسر. أخذت شارع وارن إلى جسر شارع الكنيسة.

"لا!"

سارعت عبر الحواجز. أثناء إعادة بناء جسر قناة باوتكيت السفلى، كان الطريق مفتوحا، اولاً من الطريق ذو اتجاه واحد، ثم الطريق الآخر. وحتى خلال أسوأ مراحل البناء، ظل الجسر مفتوحا أمام ممر المشاة، حيث أصر مجتمع الأعمال في مدينة القنوات على أن يتمكن العملاء من الوصول من محطة الأتوبيس إلى المتاجر. ولكن لأسبوع واحد ماضي مروع، لم يكن هذا العام، قد احتجزت منطقة وسط المدينة بأكملها رهائن من قبل طواقم بناء مسلحين.

قال ضابط الشرطة "أن الجسر مغلق، سيدتي"، طاوياً أكمام قميصه منتهزاً فرصة الطقس المعتدل. "عليك أن تعبري شارع الكنيسة، أو جسر شارع دوتون."

"من فضلك، سيدي! لا بد لي أن أعبر!"

فأرد الشرطي "ليس هناك أي طريق. كما ترين، عليهم إزالة سطح الجسر."

يبلغ طول القنوات في لويل عشرة أمتار، محاطة بجدران من الجرانيت. كان جوش يخبرني كيف، عندما كان لا يزال طالباً في مدرسة لويل الثانوية، كل ربيع ينتقل الطلاب إلى القناة التي تقسم الحرم الجامعي إلى النصف ويسبحون إلى الجانب الآخر، وهو سلوك غريب كان سيدخلهم إلى الحجز على الفور. كان جوش كعادته، لا يخشى لقبول التحدي.

في الصيف، تصبح القنوات خاملة، الكتل المائية الهادئة، مثالية للتنزه أو زيارة المعالم السياحية من خلال قوارب سياحية رائعة تابعة لدائرة الحدائق العامة. ولكن في أوائل الربيع، تصبح القنوات جامحة، وخطرة، مع طوف جليدي هائل يغذيه نهر ميرماك المرتفع.

تسللت إلى سياج طاقم البناء الممتد عبر الطريق حتى أن الناس اليائسة — مثلي — لن تحاول عمل شيئاً أحمق كالسير عبر الدعامات المكشوفة للجسر. لم أكن بحاجة إلى أن أسأل، لأنني كنت أعرف القصة. لمدة أسبوع واحد تم إغلاق الجسر بأكمله.

هل كنت سأجرؤ على تسلق السياج وتخطي الرجال الضخام المرتدين الخوذ الذين يرقصون على الحبال مثل القرود في السيرك؟ هل كنت سأجرؤ على المشي عبر الحواجز الفولاذية المكشوفة المصفوفة في المياه الهائجة التي قد ارتفعت إلى قرب القمة التي يمكنك أن تدفعها إلى أسفل وتلمس الطوف الجليدي كما تسابقوا ليلقوا حتفهم في التوربينات؟

صوت ساعة الجيب أصبح أعلى، وفي تلك التكتكة، كان بإمكاني بالكاد أن أسمع كلمات الساعاتي.

"كيف ستصلين إلى هناك، وإذا فعلت،كيف يمكنك تجنب رغبتك في الموت؟"

لا، لم أكن بهذه الشجاعة.

"آنسةــــ" يد لمست كتفي. "لا يمكنك الوقوف هنا."

قفزت مندهشة، و حدقت في عامل البناء. كان قمحي البشرة وذو شعر أسود كما كان جوش، ولكن بدلاً من تخويفي، منحني طمأنينة. أردت أن أعترف بالهزيمة، ولكني قد استسلمت بالفعل للخوف مرة واحدة في حياتي، وحتى لو لم أستطع تغيير النتيجة، على الأقل أريد أن أودعه.

"قل لي أسرع طريقة للوصول إلى ساحة المدينة؟" أنا سألت. "من فضلك، أنا في عجلة من أمري."

وأشار عامل البناء للخلف حيث الطريق الذي جئت منه.

وقال: "سيري في الشارع الرئيسي إلى شارع جاكسون، ثم انعطفي يميناً إلى شارع القناة مباشرة بعد مطحنة أبليتون، ثم أعبري الجسر الذي يمر

فوق قناة هاميلتون، وستصلين إلى مبنى من الطوب الأبيض يوحي لكي بانتهاء الطريق، ولكن إذا استدرتي حوله، فلا يزال شارع القناة مستمراً إلى الجسر الثاني. فهو في أعمال إصلاح كبيرة ، ولكن إذا كنت حذرة، يمكنك المشي سيرًا على الأقدام. تجاوزي الساحة الفارغة إلى امتداد برودواي، وسوف يأخذك يميناً إلى شارع دوتون. "

"شكراً لك،" قلت، والدموع تنهمر من عيني.

"فقط كوني حذرة عند تخطي الهويس سوامب"، قال. "الطريق مهجور، وهناك الكثير من الزجاج المكسور والحطام، وأنا مستحيل آخذ هذا الطريق المختصر في الليل، ولكن في النهار، يكون على ما يرام."

أنا ألقيت نظرة على الساعة. ستة عشر دقيقة كانت قد مضت، بالإضافة إلى سبعة آخرين في المتجر. ثلاثة وعشرون دقيقة ثمينة تبددت من ساعتي. لم يكن لدي سوى سبع وثلاثين دقيقة فقط لإيجاد جوش وأقول له أن لا يأخذ الطريق السريع، وثلاثة أضعاف المسافة للوصول إلى هناك مما كنت قد خططت في الأصل.

استدرت، ثم شققت طريقي الذي جئت منه.

الفصل الرابع

انه قانون ثابت في الطبيعة البشرية، أنه مهما كانت حالتك سيئة، سوف نشير إلى شخص أسوأ حالاً منك وتقول: "انظر ... أنا لست سيئاً للغاية." إذا كنت أكثر تطورا، سوف تشعر بالرحمة لأولئك الأقل حظاً، ولكن إذا كنت أقل، سوف تنظر للشخص بسخرية. كانت عائلتي دائماً الأخيرة.

"كل البازلاء، هناك أناس فقراء جائعون في أفريقيا"، كانت تحب أن تقولها والدتي. ولكن عندما يتعلق الأمر بمساعدة الأقل حظاً، كان والدي يصرخ "قولي للكسولين هؤلاء أن يحصلوا على وظيفة!"

بالنسبة لي؟ أنا كنت أفضل الصمت. حتى لو كنت لا أوافق.

عندما التقيت بجوش، كل تلك الأحكام كانت تدور في رأسهم ...

جاء جوش جامعة ماساتشوستس بلوويل خلال منحة دراسية عسكرية، مدركاً أنه عندما يتخرج، سيخدم ستة سنوات في الجيش. ربته أمه العزباء في مشروع إسكان المطران ماركهام، كانت أسرته كانت كل ما يكرهه والدي: متلقي الرعاية الاجتماعية، ذوي الدخل المنخفض، ولكن الأسوأ من ذلك كله، ولادة جوش في الشرق الأوسط. أعتقد أن هذا هو السبب في أنني أبقيت علاقتي معه سراً. كنت أعرف أن عائلتي ستمنعني من رؤيته، وعندما فعلوا ذلك، لم يكن لدي القوة الكفية لأقول لهم أن يتركوني وشأني.

سارعت إلى شارع جاكسون، وهو عبارة عن وادي طويل من الطوب بين الطواحين الموزعة على الطريق في ظل النهار. وقد تم تغيير بعضها إلى شقق، ولكن هناك طواحين أكثر بكثير في هذه المدينة من الشركات لإعطاء وظائف للسكان. هذه ليست مشاريع الإسكان، بل هي شقق فاخرة، ولكن أبي تمتم بأنه ربما تكون كذلك.

بالنسبة لي؟ اعتقد أنها كانت جميلة إلى حد ما. هناك شيء ما حول جدران الطوب الأحمر تجعلك تشعر بالأمان.

كان جسر شارع القناة صغير كما ان أعيد بناؤه مؤخراً، تمت صيانته من قبل شركة باشرت جزءاً من طاحونة هاميلتون وراء الجسر. هي تجتاز

قناة هاميلتون الخاملة منتهية بشبكة قنوات أكبر التي لم تعد تدير التوربين. سارعت عبر الجسر ومن خلال موقف السيارات. وكما وعد عامل البناء، كان في نهاية شارع القناة مبنى أبيض كبير، وعلى جانبه الأيسر كان رصيفا يبعث الفزع في النفس يحمل علامة "لا تتجاوز."

حدقت النظر في منحدر ثلجي غير مجروف وغطاء جليدي من الثلج وراءه. إن لم يكن هناك آثار أقدام تحولت إلى جليد منذ فترة طويلة، كنت سأجد أنه من الصعب تصديق أن هناك طريق هنا على الإطلاق. أسرعت متخطية العلامة، على أمل ألا يعترضني أحد.

"اعذريني يا آنسة!"

رجل يرتدي زي أزرق سارع نحوي، وهذا الزي قد يرتديه حارس الأمن. تحركت أسرع، مصممة على عبور الجسر.

"آنسة! هذه ملكية خاصة."

انزلقت على الثلج وسقطت تقريبا، لكنني توقفت مرة أخرى وواجهته، كانت دقات قلبي تتسارع، ولأول مرة في حياتي، أواجه السلطة.

"من فضلك! لا بد لي أن أعبر."

قال "لا استطع السماح لك بالذهاب بهذا الطريق." وأضاف "أنها ليست آمنة، ولم يتم صيانة هذا الجسر."

ساعة الجيب تدق بصوت أعلى، تذكرني أنني قد بددت بالفعل الكثير من ساعتي. إذا فعلت ما قيل لي، قد يفوتني جوش في الحافلة. أنا شرعت بالجري، مصممة أن هذه المرة لن يمنعني شيء من توديعه.

صاح حارس الأمن ورائي، ولكنه لم يطاردني. كان يمتد حاجز أسمنتي عبر الطريق المتهدم، لكنه كان عقبة بسيطة، ونظرا لمقدار الكتابة على الجدران، لم أكن أنا الشخص الوحيد الذي يقطع هذا الطريق. تعديت الحاجز، حامدة الله أن الشمس قد أذابت البقع المكشوفة في الطريق.

وازداد الرصيف تعرجاً، ثم أصبح مكسوراً، ولكن كما وعد عامل البناء، كان الجسر يعاني من سوء الصيانة ويمتد عبر قناة باوتكيت السفلى. على يساري، شلال صغير مصنوع يدوياً ومعروف باسم هويس سوامب قسم القناة إلى ثلاث قنوات فرعية منفصلة، حيث كان بإمكاني أن أرى أين مكان جسر الشارع الرئيسي تحت الإنشاء. لمدة ثلاث سنوات كنت قد عشت في هذه المدينة ولم أعرف هذا الطريق المختصر الموجود. إن لم يكن هناك الكثير من الزجاج المكسور، فإن الشلال كان سيبدو جميلا.

ضربات قلبي دقت أسرع حيث أدركت أنني لم أكن وحيدة.

"مرحبا، يا فتاة!" خمسة شبان ينادون، كل منهم يرتدون الملابس الرياضية الملونة التي أشارت بالانتساب إلى عصابة. "هل جئت للانضمام إلى فريقنا؟"

بدا أنهم من المراهقين، وربما تخطوا المدرسة؟ لكن الأكبر كان يبدو شاحباً وجائعاً كما انه حدق في ساقي ولعق شفاهه. هو لم يكن مراهقا! أنزلت رأسي إلى أسفل، مصممة على عدم مشاهدة ما يحدث بالجسر.

"أوو ... لا تكوني هكذا، يا فتاة!" واحد من المراهقين الأصغر سناً تحرك نحوي. "نحن نحاول فقط أن نكون لطيفين."

كان علي إما العودة إلى الوراء لأكون في سلامة حارس الأمن، أو المضي قدماً، حيث انتظر جوش في قاعة المدينة. أنا سارعت وتخطيتهم. هم يدعون كات ونادوني بونيتا بونيتا، ولكن الحمد لله أنهم لم يطاردوني لأني سارعت في طريقي.

كان الطريق وراء الجسر وعر وممتلئاً بالنفايات والزجاج المكسور والحفاضات القذرة والأعشاب الضارة التي تنمو فوق الرصيف المتقطع، ولكن لم يكن هناك أي نفايات بشرية. هذا الطريق المختصر قد أنقذني في الوقت المناسب، والوقت كنت في أمس الحاجة إليه.

أطلعت على الخريطة التي كنت قد طبعتها في وقت سابق للعثور على المجوهرات. لم يتم عرض هذا الطريق المختصر على الخريطة، ولكن بإمكاني رؤية أين موقف السيارات الذي أمامي ينضم إلى شارع دوتون. تسارعت دقات قلبي، كان المنحنى قد أخذني بعيداً عن طريقي. حتى لو سارعت، قد لا أنجح قبل نفاذ الوقت من الساعة.

لقد اندفعت في الركض.

الفصل الخامس

نشأ جاك كيرواك في هذه المدينة، وحضر مدرسة لوويل الثانوية، وحصل على شهادة بعد وفاته من جامعة لويل. كان جوش ينظر إلى كيرواك كِابن للمهاجرين، وبينما لم يكن جوش باحثاً بأي حال من الأحوال، فإنه كان غالبا يقرأ لي مقتطفات من كتاب "أون ذا روود." سجل جوش في تدريب الضباط الاحتياط لأنه أراد أن يرى العالم، ومع موارد أسرته الضئيلة، فإن الطريقة الوحيدة التي تمكنه من ذلك هو أن ينضم إلى الجيش.

أنا كنت قد أغلقت هذا الجزء من ذهني منذ أن تواعدنا: نزعته الوطنية، دورات طويلة من التدريب البدني التي كان يذهب إلها كل يوم، والطريقة التي كان ينظر بها إلى عمه الذي خدم في البشمركة الكردية. كان من السهل جداً أن يحلم أحلام اليقظة برؤية العالم متجاهلاً حقيقة القيام بذلك، كان جوش قد وقع عقد ستة سنوات من حياته خدمة في الجيش. حتى لو كنت قد عرفته عندما وقع على الخط المنقط أسفل العقد، أشك في أنني كنت قادرة على نصحه بالعدول عن ذلك. وعلى أي حال، كنت دائماً أحب هذا منه أكثر شيء. كيف كان حامياً، الشجاعة التي كانت تغمرني كلما كنت معه.

مع جوش، كنت أنظر من خلف كتبي المدرسية، حتى شيئا فشيئا، تعلمت أن لا أختبيء.

قامت دائرة الحدائق الوطنية ببناء ممر من الطوب الجميل على طول هذا الجانب من قناة ميريماك، بينما على الجانب الآخر خط سكة حديد لوويل الديكوري. مشيت هنا مرة واحدة عندما أخذني جوش إلى معرض جاك كيرواك. ولمح لي أنه يريد مني أن أسافر معه. قلت له باقتضاب أنني ما زال لدي سنة في الكلية. ضحك وقال لي لا داعي للقلق، وأنه قد قام بواجبه خلال فترة خدمته على الفور ولذلك هو قد انهي خدمة "سنته البعيدة" في الوقت المناسب حتى يراني أتخرج.

كنت أعرف أن اقتراح الزواج بي كان قادم قبل أن يغادر للتدريب الأساسي. ليس فقط لأنه لمح به من قبل أن ينشط الجيش الفرقة 101 الجوية،

ولكن له تلميحات أقل خفية كما كان يكتب لي كل يوم. في رسالاته اكتشفت جانبا أكثر خطراً على جوش، وهذا الجانب قد رعبني، لأنني كنت دائما أعتمد على جوش ليكون مصدر قوة بالنسبة لي.

أصبحت أنفاسي اصبحت على شكل لهثات قصيرة و مؤلمة لما تعثرت على بعض الطوب تمت إزاحته لكن حاولت أن لا اسقط. عبر الشارع المستتر بالمباني المتهالكة والمليء بالمشاريع التجارية الغريبة، والأسماء العرقية. قسمت هذه القناة جانب المدينة، التي طهرتها دائرة الحدائق الوطنية من الجانب الآخر حيث عاش "هؤلاء الناس"، الذين يسكنون مشاريع السكن التي امتدت على طول الطريق إلى نهر ميريماك. ركضت متخطية عدة شباب يرتدون ألوان عصابة آسيوية سيئة السمعة. أسرعت، لا أرغب في أن يعترضني أحد على الرغم من أني كنت، في وضح النهار، وكان من غير المحتمل أن يدنون مني.

دقات الساعة أصبحت مرتفعة، مذكرة إياي أنه لم يكن لدي سوى 11 دقيقة. تسعة وأربعين دقيقة كنت قد أهدرت! تسعة وأربعين دقيقة ثمينة كان بإمكاني أن أقول لجوش إنني آسفة ومحاولة توديع الرجل الذي أحبه! أمسكت خصري محاولة أن أخفف من آلامه بسبب الركض، أن نفس الألم الذي كنت دائماً اعتذر به لجوش كلما دعاني للركض معه ومرافقته في التدريب البدني.

يا إلهي، قد كان رجل جميل! طويل، مفتول العضلات، مع الشعر الداكن وحتى العيون سوداء، البشرة القمحية وابتسامة تضيء الغرفة مثل ضوء الشمس. لقد كانت تلك الابتسامة التي لفتت انتباهي عندما كنت مخبأة في الجزء الخلفي من مظاهرة تدريب ضباط الاحتياط العسكرية، عجيب كيف الرجال في الزي العسكري قد غزوا فجأة الحرم الجامعي. بينما كنت مغادرة، تعثرت وأسقطت كتبي، وجاء ضابط وسيم لمساعدتي على التقاطهم. كانت هذه هي المرة الأولى التي أجرؤ فيها أن أظهر ابتسامة لرجل طويل القامة وذكوري، وعندما تابعني، استغرق الأمر وقتا طويلا لإقناع نفسي أنه كان اهتمامه حقيقياً.

"إنه بمجرد الحصول على تأشيرة." قال والدي عندما أخبرته أخيراً: "سوف يتزوجك، ثم يطلقك في اللحظة التي يحصل عليها."

"لقد كان مواطناً مجنساً"، صرخت في توهم. "لقد أقسم اليمين الدستورية في اليوم الذي أصبح فيه مؤهلاً."

"إنه مسلم!"

"ما أهمية ذلك؟"

"والده متعصب!"

"كان جوش بالكاد يعرف والده، وجاءت والدته إلى هنا عندما كان في الثامنة."

كانت بسيلة الكريم، في ذهني، شجاعة كأنثى النمر. أم وحيدة، على عكس والدتي، قد فرت من زوجها المسيء وبلدها الذي مزقتها الحرب حتى تعطي أطفالها حياة أفضل. لماذا، آه لماذا سألت مشورة والدي عندما كنت أعرف أنهم سيقولون أشياء فظيعة؟

"إذا تزوجتي منه، سوف نتبرأ منك!"

أنا بكيت وركض مسرعة، خجلت لأنني لم أكن قوية بما فيه الكفاية للبقاء بعيداً عنهم بمجرد أن ذهب جوش بعيداً إلى المعسكر. كنت وحيدة، لذلك ذهبت إلى المنزل وأخبرت والدي أنني كنت في حالة حب مع صبي مسلم.

لم يهتموا عندما شرحت لهم أن لا أحد يعمل بجد أكثر من جوش. ليس في دراسته، حيث حصل على تقديرات امتياز وجيد جداً. ليس في الوظيفة الثانية التي اتخذها لشراء ساعتي الذهبية. وليست رتبة داخل الجيش الاحتياطي التي كانت تذكرتة إلى الكلية. عندما ذهب إلى البرنامج التدريبي، كان قد كتب لي بفخر، يقول لي كيف كان مؤهلاً لتقييم القوات الخاصة والتدريب. على راتب الضابط، هو كان يلمح، وقال انه يكسب ما يكفي من المال لإقامة أسرة.

ولكن جوش لم يكن هنا عندما ذهب إلى التدريب المتقدم، لذلك عندما كتب وقال أن لديه 24 ساعة لتسوية شؤونه، كنت قد ذهبت زاحفة مرة أخرى إلى عائلتي للحصول على النصيحة. لم تكن كلمات والدي المملوءة كراهية هي التي غيرت رأيي، ولكن والدتي المتحدثة باللغة اللينة هي التي ضربت الرعب داخلي:

"سوف يطلب منك أن تتزوجيه لذلك سوف تنتظريه بينما هو يكون قد رحل، ومن ثم عندما يعود، يقول لك أنه سوف يهجرك لشخص أفضل."

ساعة الجيب في يدي أصدرت صوت التكتكة، "أفضل، أفضل، أفضل..." لم تكن أبداً مسألة أن جوش لم يكن جيد بما فيه الكفاية بالنسبة لي، ولكن خوفي العميق من أنني لم أكن جيدة بما فيه الكفاية بالنسبة له!

انهمرت الدموع على خدي لأنني أدركت أنني لن أنجح في ذلك.

"سحقاً لك"، صرخت في أوهامي الخفية. "هذه المرة، سوف أقرر مصيري!"

رفعت الحقيبة من على ظهري، المحملة بأربعين رطل من الكتب المدرسية، وألقيتها على الأرض. على بعد مسافة، يمكن أن أرى المسلة الجرانيت التي تميز قبور أربعة جنود الحرب الأهلية. من وراء ذلك كانت

قاعة المدينة وتشريفة المراسم يكرمون الرجال الذين سيرافقون الفرقة 101 الجوية إلى الموصل.

شعرت بالراحة عند وصولي شارع ميريماك و عبرت الإشارة مسرعةً، متجاهلةً لحقيقة أني ليس لي الحق في العبور. سارعت السيارات في الوقوف ودوت أبواق سياراتهم ضدي، و لكني توجهت عبر الجسر الأخير يائسةً في الوصول إلى ميدان المدينة في الوقت.

لاحت قاعة مدينة لويل في الأفق، تلمع في الشمس كقلعة من القصص الخيالية، منحوتة من الجرانيت الفضي المتلئلئ و مزيج من النهضة المعمارية القوطية و الرومانسكية. ينبثق من منتصفها برج مركزي به ساعة عملاقة لها عقارب سوداء ضخمة تشير إلى 11.53 صباحاً. كدت أفزع، ولكن ساعة البرج كانت أسرع بدقيقة كاملة عن ساعة الجيب. باقي ثمانية دقائق. كان لدي ثمانية دقائق لأجد چوش على قيد الحياة.

إزدادت سرعة أنفاسي و أنا أعبر عبر المسلة و الملاك البرونزية حاملة إكليل النصر. ملامحها الطيبة أعطتني الأمل. سبع دقائق. كدت أصل.

كان أركاند درايف مملوئاً بالسيارات. أعاق رؤيتي حافلتين لونهما أخضر زيتوني، هم من سيأخذوا چوش بعيداً. لوحت بينهم، وبين الناس الذين ملئوا الشوارع بينما علا صوت العمدة عن مدى فخر المدينة برجالها في الجيش. كانت التجمعات عرقية بتوزيع غير مناسب، وكثير منهم كانوا يرتدون ملابس أكثر جمالاً مما لو كانوا يحضرون تخرج أبنائهم من الكلية.

صرخت " دعوني أمر"، غير عابئة بالأخلاق أو بطرح الناس أرضاً. كل ما علي فعله هو إخبار چوش أن لا يأخذ الطريق السريع، ويمكننا أن نحل كل شئ أخر عندما يعود.

وقف أمامي خيال ومن ثم دفعتني يد إمرأة في صدري بقوة لدرجة أنها أعادتني للخلف.

" ماذا تفعلين هنا؟"

إلتقط أنفاسي ونظرت لأم چوش في دهشة. وقفت أمامي باسلة الكريم كأسد مصمم على حماية شبله من الجبانة التي راسلت إبنها لتقول أنها لا تريد أن تراه مجدداً. على جانبيها وقف أخو چوش الأصغر و أخته الصغرى بملامح عدائية.

" أنا- أنا – أنا فقط أتيت لأودعه."

" أنت لا تستحقين إبني!"

إنسحبت، لأنني أعرف انه مهما ترجيت، لن تسمح لي باسلة بالمرور. بعدما تم إرسال چوش للخدمة العسكرية، ذهبت لأمه لأسأل عن الوحدى التي

أرسل إليها حتى أستطيع أن أكتب إليه و أرجو منه المغفرة. بثقت باسلة في وجهي وقالت لي، إذا مات هناك، سيكون ذلك خطأي لأن چوش كان يتمنى الموت.

كنت أنتحب "لقد كنتي على حق، لقد كنتي على حق"، الماضي يندمج بالحاضر.

"أنا لا أستحقه. لكن من فضلك! على أن أخبره أن لا يأخذ الطريق السريع!"

أنا لم أستطع إرسال جواب، و إذا إسطعت فچوش كان قد أمر مكتب البريد أن يعيد الجوابات دون أن تفتح. كان مخلوقاً شغوفاً و مخلصاً لكن أكثر عزة أن يجبر نفسه للعودة لساقطة سطحية طعنته قبل أن يتم إرساله للخدمة العسكرية بليلة.

شئ في تصرفي حركها لتقف جانباً، ولكنها هزت إصبعها في وجهي، عيناها البنيتان تملؤهما الإتهامات.

"لقد كسرتي قلبه!"

أشرت برأسي، ماذا عسايا أن أقول.

ساعة البرج بقاعة المدينة بدأت أن تدق الساعة في في نغمات عميقة مشؤومة. واحد. اثنين.

صرخت "أرجوكي!" "علي أن أخبره أن لا يأخذ الطريق السريع!"

أشارت باسلة للرجال الذين يرتدون زياً موحداً، يقفون في صف مع حارس شرفي من الشرطة من المركز الذي هو جزء أيضاً من هذه الساحة. وكان العديد من رجال الشرطة من قدامى المحاربين، وكان ذلك أمل چوش أن يكون من ضمنهم يوماً من الأيام. إقتحمت العرض، غير عابئةٍ بحقيقة أنني كنت أركض خلال صف شرطة

"چوش!" لوحت بجنون. "يوشا!"

بشعره المحلوق قصيراً و وجهه الشاحب من التدريب الأساسي، كدت ألا أعرفه وهو يقف قبل ثلاثة رجال من النهاية. تردد، ثم إخترق الرتبة، متجاهلاً أوامر الوقوف من الملازم المسؤول. بدا أكبر مما كان من قبل، أكتافه إعرضَّت، وكأن تدريب القوات الخاصة علمه كيف يحمل وزن العالم.

رنت ساعة البرج وأنا أرمي نفسه في أذرعه، باكية بجنون.

"لا تأخذ الطريق السريع، لا تأخذ الطريق السريع"، إنتحبت. "يا إلهى! لا تأخذ الطريق السريع وإلا ستموت."

حدق چوش في وجهي، إحتارت تعابيره. خفت أنه من الممكن أن يدفعني بعيداً، لكن بعد ذلك أضاء وجهه بإبتسامة مشرقة.

"جئتي لتودعيني؟"

ساعة البرج إنتهت من إعلان الظهر. توقعت أن ينتهي العالم، ولكن چوش كان ما زال حياً بين ذراعي؛ دافئاً، حقيقياً و جميلاً كما كان دائماً.

"أنا أسفة جداً"، أمسكت بوجهه. "أنا أحبك، لقد كنت خائفة، هذا كل ما في الأمر، لهذا ستتركني لشخص أفضل. لم يكن على أن أسمع لأهلي."

الساعة في يدي بدأت في قرع الأجراس. قلبي إمتلئ بالفزع. ساعة البرج كانت أسرع بدقيقة، ولكن عندما ضرب يورد الظهر، فإن وقتي مع چوش سينتهي.

حضنني چوش، وقلبي إمتلئ بالمشاعر. تلالأت عينيه بالدموع في الشمس.

"لم أظن أنكي ستأتي"

إنحنى ليقبلني، لكن بمجرد أن لمست شفتاه شفتاي، دقت الساعة أجراس الثانية عشر. وتلاشى چوش بين يدي. تمسكت به يائسة أن أتعلق به و أستنشف نفساً اخيراً منه، لكنه لم يعد موجوداً، لأن ذلك كان الماضي و الأن هو الحاضر. تلاشى الناس. تلاشى العمدة. الحافلتين اللتين وضعاه في الطائرة التي أحضرته إلى الشرق الأوسط ليقتل و وهو يقاتل في حرب شخص آخر تلاشوا، تركونيواقفة وحدي في الميدان ويداي ممدوتتان، ممسكة بخيال قد مات منذ ستة أسابيع تقريباً.

أعدت رأسي للخلف وصرخت، لأنه لم يتغير شئ. كل ما فعلته هو إلقاء السلام. ترنحت على السلم المؤدي لمركز الشرطة وجلست لأبكي. مر زوجان أمامي يضحكون، المرأة ترتدي فستان أبيض قصير تحت معطفها الشتوي و الرجل يرتدي بدلة، تقريباً طائشون وهم ذاهبون لقاعة المدينة ليرون المأذون. مر شرطي بجانبي و سألني إذا كنت بخير. كذبت و قلت له أني إنزلقت على الجليد، لأنه لم يعد ذلك اليوم الربيعي الرائع عنما إختبأت داخل بيتي كالجبناء، ولكن بعد سنة كاملة، اليوم الذي يمكن أن يأتي في چوش إلى المنزل لو لم يقتل.

ساعدني الشرطي في الوقوف و حذرني أن أخذ حذري من الجليد الأسود. نظرت إلى الأعلى نحو ساعة البرج، التي أعلنت أن الساعة الأن كانت 5.25 مساءً. قد وعدت الساعاتي أني سأعود قبل أن يعيد يورد الوضع للسابق. أقل ما يمكنني القيام به أن أعيدها و أستعيد ساعة چوش.

ترهلت كتفاي، وأنا أمشي بشارع ميريماك، متأكدة أن في هذا التوقيت لن يعيق جسر قناة لوور بو باكت رحلاتي.

الفصل السادس

تأرجحت حوالي حي واحد لأستعيد حقيبة ظهري، لكنها إختفت منذ زمن، أزيلت منذ عام اليوم. نظرت طويلاً للحافلة المدينة وهي تنحدر لموقف الحافلة، نوافذها مفتوحة، تجلب معها أمال الدفئ و الراحة في منزلي، لكن معي ساعة علي أعيدها، في هذا الوقت، لن أخلف وعداً.

توقفت عند جسر قناة لوور بوباكت و نظرت للأسفل في الماء الأسود المثلج، الذي كان يسابق نحو إلتقاء حماسي مع نهر الكونكورد. بإختصار فكرت في القفز، ولكن ذلك سيكون سهلاً لأنهي ألمي. لكن چوش لم يكن ليريد ذلك. إذا كان الجسر قابل للعبور منذ عام، هل كان يمكنني أن أصل في الوقت لأفسر لماذا عليه أن لا يأخذ الطريق السريع؟ ماذا لو لم أهدم ما بيننا قبل يوم من أن يتم إرساله للتجنيد؟ هل كنت سأتزوجه ذلك اليوم، كنت أشك أن هذا ما يريد؟ إذا فعلت هل كان كل شئ سيتغير؟

مر الجليد، ملتقطاً أخر أشعة لغروب الشمس.

لا. لم يكن سيتغير أي شئ. لقد وقعت في حب جندي، وعندما تم إستدعاءه، مات چوش بإرادته وهو يدافع عن بلده. الشئ الوحيد الذي كان سيتغير هو أنه كان سيكتب لي كل يوم، كان سيحكي لي عن ما يمر به في المعسكر، و على الأغلب كان سيريني أنه يمتلك روح الشاعر مثل مثله الأعلى جاك كيرواك. كنت سأبقى وحيدة و كئيبة، و حده الله يعلم كنت سأفتقده بنفس القدر. كان سيقول لي والدي، 'أترين، لقد ضيعتي حياتك'، لكن هل كنت سأفعل فعلاً؟ وقتئذ لا يوج رجل يمكنه أن يحل مكانه؟

قلت للماء المتجمد "على الأقل تمكنت من أن أعانقه مرة أخيرة"، "ولذلك على أن أكون شاكرة."

إمتلأت نفسي بالضباب وأنا أترنح عائدة لمحل المجوهرات، لازلت أتجمد ولكن ليس بنفس الدرجة التي كنت عليها عندما أتيت من قبل.

لويل هو مكان مختلف، عنما تغلق المصالح ليلاً و تهدأ الشوارع، خاصة في الشتاء، عندما لا يبقى إلى المشردين و الأشرار. إنها مدينة جميلة،

مبنية على طول مجموعة من الأنهار و القنوات، لكن بسبب خروج مصانع النسيج، لإغنها فقيرة نسبياً. لطالما تجنبت المدينة، منسحبة إلى أمان الحرم الجامعي.

ظهرت خيالات طويلة بشكل مخيف من مداخل الأبواب. ناداني رجل عجوز يحمل كيساً بنياً وسألني إن كنت أملك أي فكة. إثنان من الأشرار مروا بجانبي وعاكسوني، كلاهما يرتدي نفس ألوان العصابة التي كان يرتديها الأطفال باكراً اليوم، أم كان ذلك العام الماضي؟ البارحة فقط، اي من هذه الأشياء كانت ستجعلني أهرب إلى منزلي، لكن اليوم، رغبتي في إحياء ذكرى اليوم الذي كان يأتي فيه چوش عبر تصليح ساعتي أجبرتني أن أتخطى مخاوفي.

وقف رجل مقنع أمام حانة كوبر كيتل و أعاق طريقي، يمعن النظر بينما ينفخ سيجارة بدون فلتر. كانت تفوح منه رائحة البيرة، بالرغم من أنه كان الوقت مبكراً في المساء. زرف حلقة من الدخان.

" مرحباً، عزيزتي—" فعل إيماءةٍ قذرة وهو يمسك قضيبه. "هل تحتاجين قداحة؟"

"إبتعد —" إستهجنت، و إنتصبت كما علمني چوش لأبدو أكبر. "وإلا سأسقطك أرضاً بضربة في خصيتيك."

برقت له حتى عاد للخلف وتركني أمر. تحركت بحرية، وأنا مستعدة أن أضربه إذا حاول أن يمسك ذراعي. في النهاية وصلت إلى المبنى المبني من الطوب الجميل ذو الأحرف الذهبية التي تعلن أنها رفات من عصر أكثر جمالاً وأناقة. الستائر كانت قد أغلقت و العلامة تقول مغلق، لكن من الداخل، تمكنت من رؤية ضوء في الغرفة الخلفية.

طرقت، آملةً أن لا يكون الوقت تأخر. على أقل تقدير، كنت أحتاج أن أعيد يورد. هل كان كل ذلك حلم؟ ربما، لأن نفس الوقت قد مر. كان الأمر فقط مجرد سؤال في أي سنة مررت بهذا.

عبر خيال أمام الضوء داخل محل المجوهرات. بعد برهة فتح الباب وكان هنالك الساعاتي، يرتدي عدسات مكبرة تحتوي على العديد من العدسات في نفس الوقت.

قال "أه، سيدتي الصغيرة، لقد عدتي." "لقد فكرت أنك ستفعلين. طلبت من أبنتي أن تأتي لتأخذني متأخراً. أنت الزبونة الثانية اليوم التي تطلب معروفاً خاصاً."

"ألم تكن خائفاً أنني قد أسرق ساعتك؟"

قال "أوه، لا"، "الساعات تعتني بنفسها. أن فقط أبقيهم يعملون بحالة جيدة."

دخلت داخل الباب، أفرك يداي لأعيد لهم بعض الإحساس. حقيبة ظهري إختفت منذ وقت طويل، إضافة إلى.....

"الخواتم..."

أوه، لا! خواتم جوش كانت في حقيبة ظهري! التي أوقعتها في وقت آخر!

"أشيائك هناك ـــ" أشار إلى الفاترينة الزجاجية. "لا يسمح لكي أن تتركي أي شئ خلفك، لذلك عندما يوقع الناس أشياء، فإنها فالغالب تودع هنا."

سألت "دائماً؟"

"أحياناً فقط" تلألأت عيناه الزرقاء. "القدر يفضل أن لا يفقد السيدات الصغار كتبهم المدرسية."

أعطيته يورد ودار حول المكان ليضعه بحذر تحت الزجاج. لمعت الساعات الثلاثة داخلياً. شككت أن كريستال الكوارتز ليس الذي أعطاهم الضوء، لكن قوة أخرى، التي ترتبط بقدرتهم على التحرك عبر الزمن.

سألت "ماذا ستفعل بهم عندما تتقاعد؟"

قال "سيجدون شخصاً جديداً يعتني بهم." "إنهم حريصون جداً حيال إختيارهم من سيساعدوهم، و حريصون أكثر حيال الذين يتعاونون معهم بشكل يومي."

"ألا يمكنك إستخدامهم لتجعل نفسك خالداً؟"

أماء إلى المتجر الذي من جديد يباع للتقاعد "الأن لماذا أريد أن أفعل ذلك؟" "لقد عشت حياة طويلة، بقليل من الندم، و في هذه الحياة أو القادمة، سأكون دائماً محاطاً بعائلتي."

ترقرقت الدموع في عيني، لكنها لم تكن دموع الأسى، لكن مشاعر أخرى، ربما كان مجرد إرتياح؟

سألت "هل سأراه مجدداً."

"هل صار احتيه بمشاعرك؟"

قلت "أجل، أو على الأقل أظنني فعلت."

قال "إذاً سوف تريه مجدداً، لأنه فكر فيكي كثيراً جداً. لقد كتب ذلك في كل جواب."

إستعاد حزمة من الجوابات مربوطة بسوار مطاطي، وبجانبها ساعتي، بجانبها ساعتي فوق مربع رمادي مخملي.

"هل تمكنت من إصلاحها؟"

"أجل——" أشبكها حول معصمي. "إنه أمر محير، كيف يمكن للشائبة أن تتسبب في وقوف التروس، لكن إذا أزلتها، ستعمل الساعة بشكل ممتاز."

دقت الساعة تأكيداً على معصمي. العقرب يشير الآن إلى 6:08، لم يعد عالقاً عند 3:57 مساءً.

قلت، "شكراً."

كان هناك طرق عالباب. نظر الساعاتي للأعلى و إبتسم.

"أه... ذلك سيكون زبوني الأخير." أشار إلى الباب. "هل تمانع أن تفتحي؟"

فتحت القفل و سحب الباب للداخل. لاح أمامي رجل نحيف، غامق البشرة يرتدي جاكيت عسكري و جينز مدني. كان وجهه مرهق، لكن عينيه مازال فيهما بريق متمحص.

"چوش؟"

أغمضت، ثم قرصت نفسي، لابد أن هنالك خطأ. وبعد ذلك رميت نفسي بين يديه.

"چوش؟"

حضنته و بكيت، ثم قبلته؛ ثم بكيت وحضنته أكثر حتى سال أنفي فوق معطفه العسكري.

"ما الأمر يا حبيبتي؟" أوقفني چوش. "هل حدث أمر سئ؟"

"لا، لا، كل شئ على ما يرام"، بكيت. "أنا فقط..... ظننت أنني فقدتك؟"

قال چوش "تطلبني الأمر وهلة لأجد موقفاً للسيارة، هذا كل ما في الأمر"، "لقد مرت فترة منذ قدت كمدني وأخذت وقتاً طويلاً لأزيل الثلج من أمام السيارة. غالباً سيتطلني الأمر ستة أسابيع فقط لأعتاد على القيادة هنا مجدداً."

نظر إلى معصمي.

"هل تمكن من إصلاحها؟"

"إصلاح ماذا؟"

قال چوش، "ساعتك، أنت طلبتي مني أن أوصلك هنا لتغيري البطارية قبل أن يغلق المتجر."

نظرت إلى الساعاتي، الذي إرتسمت عليه تعبيرات السرور. كيف يمكنه أن يتذكر خطين زمنيين مختلفين، لكن أنا يمكنني تذكر خط زمني واحد؟

" أنا، مم، نعم"، تلعثمت. "إنها فالضمان."

إقترب جوس ليصافح الساعاتي. لم تكن أي مصافحة، لكن تلك التي يعطيها رجل عسكري لآخر.

"مستر. مارتن، سيدي. من الجيد رؤيتك مجدداً."

"لقد أبقيتها لك، كما كتبت يا بني"، قال الساعاتي. "لابد أنك مسرور بالعودة إلى أرض الأحياء؟"

أعطى الصندوق الأسود المخملي الصغير إلى چوش و أعطاه غمزة خبيثة. ثم وضع چوش الصندوق في جيبه.

قال چوش "شكراً لأنك حافظت لي عليه، سيدي."

قال الساعاتي "شكراٍ لإعطاء القصة نهاية سعيدة."

أخذ چوش يدي، وقادني خارج المتجر.

"هل أنتي بخير يا حبيبتي؟ تبدين كمن رأى شبحاً؟"

أمسكت عنقه وجذبته لأسفل لأقبله. عندما تركته أخيراً ليأخذ نفسه، مشينا ببطئ خلال الشوارع المظلمة نحو سيارة أمه المستعارة، وبچوش إلى جانبي كانت مدينة خيرة وخلابة. بدت يديه دافئة، صلبة و حقيقية، ويكأن كل ما مررنا به كان مجرد حلم.

"أخيراً قلت " علي أن أسألك، عندما كنت في العراق، هل أخذت الطريق السريع لنينوى؟"

غيمت عينا چوش، و إسودت و إضطربت، ولوهلة بدا وكأنني لدي ذاكرتين مختلفتين، واحدة حيث توفي چوش، و الأخرى التي كتب لي فيها ليقول كم كان حزيناً لأن بعض قوات طالبان التي أضطر لقتلها كانوا أطفال لم يتعدوا الثالثة عشر من عمرهم.

قال چوش "أنا لا أعرف ما الذي دفعني إلى إرسال رجل أعلى التلال، ولكن ذلك أنقذ حياتنا. جماعة طالبان كانوا ينتظرون ويحضرون كميناً لنا. إذا لم يحضرنا المستكشف لنطلب تغطية جوية، لمات كل جندي في وحدتي."

ليس كل الجنود. أنت فقط....

قلت "لقد أخبرتك أن لا تأخذ الطريق السريع أبداً."

"فعلتي!" تعبيرات چوش وضحت حيرته، "لكن عندما كتبت لكي و سألتك لماذا كنتي مستاءة في اليوم الذي تركتك، إدعيت أنكي لا تتذكرين أي شيئ. كنت قد نسيت كل شيئ في الحقيقة، حتى قبل أن نأخذ الطريق السريع بوهلة."

چوش قد كتب لي؟ وأنا رددت عليه؟ ماذا قلنا لبعضنا في العام الذي مضى؟ وكيف أتأكد من حقيقة أنني لم أكن هناك من أجله في المرة الأولى، ولكنني فعلت بدما عاقبني القدر ثم أعطاني فرصة لأحاول مجدداً؟

ليس أنا... هو. القدر تدخل لأجله.

"أتمنى أنك قد حافظت على جواباتي؟"

قال چوش "بالطبع فعلت، كل ال 365 جواب."

أعطاني إبتسامة تخطف الأنفاس بينما كان يفتح لي باب السيارة ليساعدني في الركوب، ومجدداً تذكرت أن فرصتي لأكون معه هي هدية. تحرك للجهة الأخرى، ركب و تأكد أني وضعت حزام الأمان قبل أنيشغل المحرك. ضغط بيدي في يديه، غير راغبة في تركه.

سألت "أين سنذهب الأن؟"

دون تفكير قلب چوش في جيبه. عرفت أنه يريد الذهاب إلى مطعمنا المفضل، حيث سيعطيني الخاتم و يطلب مني الزواج. سيملأ رأسي بأحلامه عن حفل الزفاف الضخم في يونيو... لو أن ذلك لن يخيفني كثيراً أن أتزوج من رجل، تنتمي الخمس سنوات القادمة من حياته للجيش. سيكون صبوراً مع كل مخاوفي، لأنه سامحني مرة بالفعل، وأحبني بالقدر الكافي لينتظرني حتى أتخرج من الكلية.

الآن لست جبانة مطلقاً....

دقت ساعة السادسة و النصف.

قلت "قاعات المدينة مفتوحة حتى الساعة 7:00 مساء يوم الخميسة وقاضي السلام هو قدامى المحاربين، وكنت أتساءل عما إذا كنت ربما تريد أن تذهب وتفعل ذلك الآن؟"

سأل چوش، وهو في حيرة "ذلك؟"

إرتفع صوتي في أمل "نتزوج؟"

إحتضنني چوش وفي صوت بين العاطفة و الضحك، قال أجل.

~النهاية~

النورديين بواسطة H.L.M.

النورديين

النورديين أمنوا أن القدر كان يحكم من قبل ثلاثة يوتن — العملاقة
— التي تتحكم بمصر الألهه و الرجال. هؤلاء النورديين سكنوا داخل بئر
يورد تحت ياغدراسيل، شجرة العالم العملاقة، و التي غالباً ترتبط مع
الفالكيريز. كانوا يتحكمون في القدر من خلال حفر الأبجدية الرونية في جذع
الشجرة أو في نسخ أحدث، من خلال نسج المصير في النسيج.

يورد، العملاقة الأكبر سناً، يتحكم في الماضي. إسمها يعني "الذي كان
يوماً ما."

فيروندي، الوسطى، تتحكم في الحاضر. إسمها يعني "غالباً يحدث" أو
"ما يحدث."

سكالد، الصغرى من الثلاثة، تتحكم في "الحاجة" التي في الأعراف
النوردية لا تعني المستقبل على وجه التحديد. إسمها يعني "الدين" أو "ما
سيحدث."

آمن النورديين أن الحاجة وليس القدر هي ما ستشكل المستقبل، و أن
الوقت ليس ثابت، ولكن يمكن تغيره أحياناً من خلال السحر أو قوة الإرادة.

دقيقة من وقتك، من فضلك ...

هل إستمتعت بقراءة هذا الكتاب؟ إذا كنت كذلك، سوف أكون ممتنة للغاية إذا تمكنت من زيارة الموقع أو أي مكتبة إشتريته منها وتركت تقييماً مكتوباً. من دون ميزانية دعاية من دار نشر كبيرة، فإن معظم الكتب الصغيرة لا تعيد المبلغ الذي تتطلبوه لإنتاجهم ... إلا إذا ... نشر القراء أمثالك أنهم إستمتعوا به. سأكون ممتنة للغاية إذا تشرفت بكتابة تقييم.

إنضم إلى مجموعة قرائي

عزيزي القاري:
أتمنى أن تستمتع بقراءة هذه القصة. إذا كنت تود أن يتم إعلامك عندما يصدر كتابي القادم، لماذا لا تشترك في نشرة أخباري؟
كهديتي الخاصة، وبمجرد تأكيد الاشتراك الخاص بك، سوف تتلقى نسخة رقمية مجانية من روايتي، كتاب متاح من اختيارك في صيغة epub. وmobi. وpdf. أعدك بعدم الإحتيال على بريدك أبداً والحفاظ على المعلومات الشخصية الخاصة بك. أنا استخدام MailChimp ، لذلك أنت حر في إلغاء الاشتراك في أي وقت.

إشترك هنا:

https://wp.me/P2k4dY-17t

عيّنة من: لو كانت الأماني خيولاً

بعد أن أُلقيَت على المذبح وتُركَت دون منزل، أخذت 'روزي زالبادورا' وظيفة مربيّة على أطراف المناطق الريفية النائية في أستراليا, وهناك تلتقي بـ 'بيبا بريستو'، وهي فتاة حسّاسة تواجه مرارة طلاق والديها بالسفر إلى العالم الخيالي للجنيات والخيول أحادية القرن.

اهتمت روزي بمساعدة بيبا لتخطّي تأخّرها في دراستها، وأصبحت كحجر شطرنج في نزاع الحضانة بين والد بيبا آدم، وزوجته الأنانية وريثة النفط.

ومع تفاقم التوتر تكتشف روزي العديد من أسرار بريستو، يجبُ عليها أن تواجه أشباحَ ماضيها المؤلم في الوقت الذي تقاوم فيه جاذبيتها المتزايدة لصاحب عملها الوسيم، الغير متاح عاطفيًا. ولكن تأتي المساعدة في شكل جارٍ مسنٍ غريب الأطوار، وبلدة وِدّية في المناطق النائية، والشبح الذي يزور روزي كل ليلةٍ في أحلامها.

لو كانت الأماني خيولًا هو أول كتاب للساغا العائلية في أستراليا، منمق مع النغمات القوطية الموجعة للقلب لجين اير، ومجرد تلميح للخارق للطبيعة.

"إنَّ المناظر الطبيعية الساحرة, والغامضة والأساطير القديمة تأخذ حياةً جديدة ..." ‒ مدونة التاريخ الرومانسي.

"كنت منجذبًا إلى حياة الشخصيات في الحال، وشعرت كانني برفقة روزي مباشرةً في مناضلتها لحفظ حياتها من الانهيار..." ‒ نيويورك تايمز للكتب الأكثر مبيعًا لمؤسسها ستايسي جوي نيتزل.

سلسلة أغنية النهر ‒ كتاب 1

مزيد من المعلومات هنا:

https://wp.me/P2k4dY-p0

عيّنة من: ملاك قوطي حارس

الفائز في مهرجان الكلمات الأفضل للكتب الإلكترونية المستقلة، أفضل رواية لعام ٢٠١٤.

بعد أن تركها حبيبها في عشية عيد الميلاد، ظنت كاسي بركة أن معاناتها ستنتهي عندما صدمت سيارتها بشجرة زان عتيقة. لكن عندما ظهر ملاك جميل ذو جناح أسود وقال لها: "أيتها الطفلة، إن هذه ليست قصة حب دنيئة خارقة." أدركت أن الموت لن يحل مشكلاتها. دون القدرة على رؤية النور، قاد روحها خلال ماضيها، حاضرها ومستقبلها، من خلال المصاعب والقرارات التي أدت إلى مشاكلها الآن.

هل سيستطيع جيرمئيل مساعدتها في التخلص من أطياف مشكلات الماضي وإيجاد مهرب صغير؟

قصة قوية ومؤثرة كُتبت لغرض تثبيط الإنتحار لدى المراهقين، سيُعجب معجبي "*Thirteen Reasons Why*" والفيلم الكلاسيكي "*It's A Wonderful Life*" بـ "ملاك قوطي حارس."

هذا الكتاب ليس خيال ديني!

"هناك كتبٌ قليلة جدًا تدفعني إلى البكاء لكن هذا الكتاب فعل ذلك بأكثر طريقة رائعة، يوجد رسالة هنا، تم توصيلها بفكاهة وكياسة، إنه رائع." — نقد قارئ

"لقد جعلتني أهتم، وجعلتني أبكي، وأنا ممتنة جدًا جدًا للنهاية." — نقد قارئ

معلومات اكثر

https://wp.me/P2k4dY-pk

عن المؤلف

يوردانيا لي تعيش بجانب المحيط، تحول تراب النجوم إلى حكايات عن عرائس البحر، الملكات الخيالية و التنانين. تحب أن تكتب عن الذين تخطوا مشاكلهم دون أن يستعينوا بشئ إلا المثابرة الحقيقية ..... وربما دفعة من العالم الآخر؟

موقع الكتروني:

http://wp.me/P2k4dY-p0

النشرة الإخبارية

https://wp.me/P2k4dY-17t

كتب أخرى

الروايات المستقلة
صانع الساعات: روياة
ملاك قوطي حارس

سلسلة أغنية النهر
لو كانت الأماني خيولاً – كتاب 1

قريبًا!
حسنا من الأحلام – الكتاب 2
أنظر، حصان شاحب – الكتاب3

الكتب الصوتية
صانع الساعات

المزيد من كتب اللغة العربية:
http://wp.me/P2k4dY-p0